KB174161

내가 애송하는 천상병 시

내가 애송하는
천상병 시

평민사

내가 애송하는 천상병 시

초판 1쇄 인쇄일   2023년 4월 20일
초판 1쇄 발행일   2023년 4월 28일

기   획   김용락 · 노광래
만 든 이   이정옥
만 든 곳   평민사
　　　　　서울시 은평구 수색로 340 〈202호〉
　　　　　전화 : 02) 375-8571   팩스 : 02) 375-8573
　　　　　http://blog.naver.com/pyung1976
　　　　　이메일 pyung1976@naver.com
등록번호   25100-2015-000102호
ISBN   978-89-7115-086-3   03800
정   가   10,000원

목
차

'소풍'이라는 이데아 -천상병 시인 30주기에 부쳐 _9
- 김용락

귀천(歸天) _31
| 강진규 | 이민정 | 한지흔 | 류기성 |

나무 _36
| 이순원 | 황경애 |

주막에서 _40
| 김진규 | 나재문 | 임재성 |

오월의 신록 _43
| 김미숙 |

나의 가난은 _46
바람에게도 길이 있다 _47
| 김금용 | 서정춘 |

풀잎은 새의 무게를 기억하지 않았다 _51
－박상희

강물 _57
| 박정록 |

새 _59
| 서정란 |

새 _61
| 최영남 |

서대문에서 － 새 _64
| 신영란 |

소릉조(小陵調) _66
| 김명성 | 유진오 |

그날은 － 새 _70
| 김종찬 | 이두엽 |

막걸리 _72
| 이용학 | 전강호 |

요놈 요놈 요놈아 _75
| 김영희 |

동창(同窓) _77

| 임경일 |

달 _79

| 임현주 |

편지 _81

| 장광팔 | 이기철 |

음악 _84

| 유상동 |

구름 _86

| 장두이 |

다음 _88

| 허태수 | 장한라 |

내 집 _91

| 문일석 |

막걸리 취안(醉眼)과 고목(枯木) 까마귀의
오감도(烏瞰圖) _94

– 박광민

(위) 시인 천상병과 부인 목순
옥 여사

(아래) 강화도의 건평항 〈천상
병 귀천〉공원

〈사진 출처〉
· p8, 30, 41 - 김수길 작가

외톨배기 나는
서울에 있고

형과 누이들은
부산에 있는데

여비가 없으니
가지 못한다.

저승 가는 데도
여비가 든다면

나는 영영
가지 못하나?

생각느니, 아,
인생은 얼마나 깊은 것인가.
−「소릉조(小陵調)−칠십 년 秋日에」 전문

자본주의 아래서 흔히 문학예술은 가장 비 자본주의적 재화라고 한다. 간혹 문화예술 종사자가 돈을 좀 버는 경우도 없지는 않지만 그것도 시장의 장사꾼이나 공장 경영자에 비하면 조족지혈이고, 크게 보아 문화예술계로 머리를 향하는 순간 그가 누구든지 그는 현실적인 삶에서 가난과 남루를 감내해야 한다. 안타깝지만 그게 예술의 숙명이다. 순수예술은 그 정도가 더 심하다. 그러나 인간은 빵만으로는 살 수가 없으니까 예술이 있는 것이다. 그 예술 장르 가운데 가장 자본주의적 재화로서 가치가 떨어지는 것이 문학이고 그 가운데서도 으뜸은 시일 것이다.

이 시는 자본주의의 효능(?)과 차가움을 극명하게 보여주는 시이다. 마음과 정성이 아무리 풍요롭다고 하더라도 돈이 없으면 결국 고향에도 갈 수 없고 배가 고파도 굶을 수밖에 없다. 나는 이 시에서 냉혹한 자본주의를 읽는다. 가을날, 추석이 되면 민족대이동이라 불릴 만큼 객지생활을 하던 사람들이 고향을 찾고 성묘도 하곤 한다. 예절과 마음은 번한데 돈이 없으면 갈 수가 없는 것은 냉혹한 현실이다.

"저승 가는 데도/ 여비가 든다면/ 나는 영영/ 가지 못하나?" 이 얼마나 기막힌 구절인가? 천상병의 시가 순수서정에 쉬운 것 같지만 이런 시구처럼 엄청난 삶의 통찰력과 내공을 탑재하고 있어서 많은 사랑을 받고 있는지도 모르겠다. 실제로 여비가 없어 저승에 가지 못 하고, 죽지 않고 이 땅에서 영생을 누린다고 하면, 돈을 부모자식보다 더 아끼는 비인간적인 수전노를 비롯해 이 세상의 재벌이나 부자들이 더 오래 살기 위해 돈을 다 쓰레기장에 내다버릴 것이다. 그런 광경은 상상만 해도 재미있겠다. 소릉은 당나라 시인 두보의 호인데 두보는 전쟁에 끌려나와 집으로 돌아가지 못하던 병사들과 민중들의 애환을 시로 많이 썼다.

내 아내가 경영하는 카페
그 이름은 '귀천(歸天)'이라 하고
앉을 의자가 열다섯 석밖에 없는
세계에서도
제일 작은 카페

그런데도
하루에 손님이
평균 60여 명이 온다는
너무나 작은 카페

서울 인사동과
관훈동 접촉점에 있는

문화의 찻집이기도 하고
예술의 카페인 '귀천(歸天)'에 복 있으라.
－「세계에서 제일 작은 카페」 전문

  나는 인사동과 관훈동 접점에 있던 '귀천'에는 가보지 못 했
다. 그래서 천 시인도 부인인 목 여사님도 직접 뵙지 못 했다. 지
금 이런 글을 쓸 줄 미리 예견했더라면 굳이 일부러라도 찾아뵙
고 인사를 드렸을 텐데⋯ 천 시인이 어떤 소설가, 스님과 어울
리면서 언론에서 워낙 화제일 때도 '귀천' 카페에 가서 직접 뵈
어야겠다는 생각을 못 했다(사실 그런 일 때문에 나는 천 시인을 부정
적으로 보게 된 측면이 컸다). 그 이후 '귀천'이 현재 인사동 골목으
로 이전한 후에 처음으로 가 보았다. 그리고 내가 서울 생활 중
(2017~2021)일 때는 자주 갔다. 지방에서 친구들이 상경하면 일
부러 귀천 카페에서 약속을 해서 천상병 시인의 시와 문학적 여
운을 느껴보도록 했다.
  한번은 대구에서 친구가 사업차 상경해서 '귀천'에 갔더니 신
경림 시인이 8~9명의 동료들과 담소를 나누고 있었다. 그 중 아
는 얼굴은 신경림 선생과 강태열 시인(이 강태열 시인은 천상병의 시
전집 416쪽에 「강태열 시인」이라는 제목으로 등장한다. 천 시인에게 돈 300
만 원을 빌려줘서 천 시인의 부인인 목 여사가 관훈동에 카페 '귀천'을 차렸

다는 이야기가 시 내용이다) 정도였다. 내가 먼저 나오면서 그 분들 찻값을 다 내드렸더니 신경림 시인이 나를 불러 세워 연세 드신 동료들에게 시인이고 최근에 정부 고위직 관리로 왔다고 소개를 해서 부끄러웠던 적도 있었다. 당시 나는 문체부 산하 한국국제 문화교류진흥원(KOFICE) 원장으로 재직 중이었다.

실제로 카페 귀천이 세계에서 가장 작은지는 모르겠다. 하지만 나도 작은 것이 좋다는 슈마허의 논지에는 크게 공감한다. 독일 태생의 영국 경제학자 E. F. 슈마허의 『작은 것이 아름답다』라는 경제 서적을 내가 읽은 것은 1990년대 초에 녹색평론 발행인 김종철 선생의 추천에 의해서였다. 격월간 생태교양지로 이름 높던 『녹색평론』을 당시 영남대 영문과 교수이던 김종철 선생이 1991년 초겨울 대구에서 창간했다. 나는 운 좋게 창간 작업을 곁에서 지켜보며 미력이나마 심부름을 할 수 있었는데 내게는 인생의 큰 행운이었다. 많이 배웠다. 처음에는 그냥 심부름을 하다가 나중에는 편집자문위원이라는 공식적인 이름을 달고 도왔다. 『녹색평론』이 지향하는 바가 인간들의 자발적 가난과 같은 욕망의 자기 절제였다. 그래야 지구의 생태계가 보존된다는 논리였다. 이 책에는 단순히 이런 계몽적 논리만 앙상하게 있는 게 아니라 좋은 논문을 비롯해 풍부한 교양이 있어서 많은 애독자가 생겼다.

당시 대구의 집에는 천상병 시인의 시집과 산문집 등이 있음에도 나는 '귀천' 카페에서 천상병의 책을 다시 다 구입했다. 그리고 직장에서 귀가해 밤에 천상병의 시를 집중해서 읽었다. 시만 읽은 것이 아니라 천상병이 살았다는 수락산에도 직접 등산하고, 천상병 거리에도 가보기도 했다. 그리고 천상병과 관련한 시도 써서 발표하기도 했다. 갑자기 인생의 후반에 서울 생활 중에 천상병문학과 부쩍 가까워졌다.

　내가 천상병문학과 가까워진 계기는 아마 이 두 가지 때문이다. 정확한 시간은 기억나지 않지만 김종철 선생이 작고하기 전 어떤 자리에서 천상병 시인이 화제에 올라서 내가 약간 까는 듯한 발언을 했더니 나보고 "천상병이 영 엉터리 시인이 아니더라. 내용이 만만치 않아. 용락이도 한번 다시 읽어봐라"라고 천상병을 옹호했다. 평소 김종철 선생의 어법을 아는 사람이라면 이것은 굉장한 칭찬에 속하는 것이다. 그래서 그간 내가 천상병 시에 갖고 있던 부정적인 이미지를 다소 해소했다.

　또 하나는 나도 나이가 드니까 어쩔 수 없이 전투적인 현실참여 시보다 서정적이고 인생을 관조하는 듯한 시가 좋아진 측면이 있다. 아마 나이 때문일 것이다. 나는 경상북도 의성에서 태어나 안동에서 초·중학교, 대구에서 고등학교와 대학을 다녔다. 대입 재수하러 6개월 상경 생활, 말년의 교류진흥원 원장으로 서울생활 약 4년을 제외하고는 모든 생계가 정치적으로 보수의 심장이라는 TK지역에서 이루어졌다. 그러면서 문학 활동은 리얼리즘 민중문학을 하고, 정치적으로는 민주당 후보로 수차례 총선에 출마하기도 했다. 공동체 내에서 철저한 소수파였다. 내가 대구에서 일상적으로 갖고 있는 정서는 왕따의식, 블랙리스트 피해의식이었다. 그런데 서울에 와서 생활해보니 대구에서 생활할 때와 같은 그런 어떤 중압감과 분노가 많이 옅어졌다. 정서적으로도 훨씬 숨쉬기 편했고 자유로운 느낌을 받았다. 그 틈을 비집고 천상병의 천진무구한 순수서정이 나를 덮친 것이다.

내 고향은 경남 진동(鎭東),

마산에서 사십 리 떨어진 곳,

바닷가이며

산천이 수려하다.

국민학교 1년 때까지 살다가 떠난

고향도 고향이지만

원체 고향은 대체 어디인가?

태어나기 전의 고향 말이다.

사실은 사람마다 고향타령인데

나도 그렇고 다 그런데

태어나기 전의 고향타령이 아닌가?

나이 들수록 고향타령이다.

무(無)로 돌아가자는 타령 아닌가?

경남 진동으로 가잔 말이 아니라

태어나기 전의 고향 – 무(無)로의

고향타령이다. 초로(初老)의 절감(切感)이다.

−「고향」 전문

　천상병이 일본에서 태어나 네 살 때 아버지 고향인 경남 진동
에 왔다가 초등학교 때 다시 도일한 후 해방을 맞아 귀국해서 6
년제 마산중학교를 다닌 사실은 잘 알려져 있다. 할아버지가 천
석 부자였고, 어린 시절 유복한 환경에서 식구들에게 많은 귀여
움을 받으면서 자랐다고 자전적 기록에서 밝히고 있다.

　이 시는 시인 자신이 초로가 되면서 죽음에 대한 상념을 시로
쓴 것이다. 육신이 태어나고 성장한 고향이 아니라 무(無)로의
고향, 즉 존재의 본질적인 질서에 대해 이야기하는 것이다. 불교
에서는 우리 인생이 이 세상에 온 것도 아니고 안 온 것도 아니

라는 표현이 있다. 그렇다면 현재 존재하는 우리는, 나는 도대체 무엇이란 말인가? 존재 이전의 존재, 존재 이후의 존재에 대한 형이상학적 고민이 이 시에 담겨있다고 볼 수 있다.

나에게는 '진동'이란 지명은 천상병 시인 못지않게 김종철 선생과 연결돼 있는 곳이다. 1990년대 초반 김 선생의 어머님께서 별세하여 매장한 곳이 진동에 있는 공원묘지였다. 나는 그때 난생 처음으로 진동이란 곳이 지구상에 존재한다는 사실을 알았다. 장지인 공원묘지 산꼭대기에서 바라보니 멀리 남해 푸른 바다가 한 없이 펼쳐져 있었고, 반대편으로는 아름다운 산이 둘러쳐져 있었다. 지금은 고인이 된 김종철 선생 역시 진동 출신에 마산중·고등학교를 나왔다. 나는 이 범상치 않은 문학비평가와 생태사상가를 천상병 시를 읽으면서 추억하고 있는 것이다.

내가 서울생활을 하던 중 나의 다섯 번째 시집 『하염없이 낮은 지붕』(2019)을 문학 외우 이재무 시인이 대표로 있는 출판사에서 출간했다. 그냥 있기 섭섭하다고 저녁이나 한번 먹자고 해서 평소 가깝던 몇 분과 인사동 골목 '귀천' 옆 식당에 모였다. 이날 염무웅, 김종철, 도종환, 김사인, 이재무, 박상률, 홍용희, 김응교, 김미원 등이 모여 담소를 나누었는데, 이재무 시인이 덕담으로 "김용락 이번 시집에는 천상병 같은 시가 많더라. 뭐랄까 무교기교의 기교 같은 운운…" 그러자 건너편에 앉아 있던 김종철 선생이 "용락이는 아예 기교를 못 쓰는 게 아닌가?" 하면서 내가 듣기에 천상병은 한 단계에 오른 솜씨여서 무기교의 기교를 보이지만, 나는 그런 기교 자체가 부족해서 무기교 시를 썼다는 뉘앙스로 조크를 했다.

나는 속으로 깜짝 놀랐다. 당시 천상병 시집을 열심히 읽던 때여서 어떤 방식으로든 천상병 어투나 분위기가 그 시집에 있을 터인데 그걸 이재무 시인이 지적했고, 그 말을 받아서 김종철 선생은 나의 시적 미숙과 불성실을 날카롭게 꼬집은 것이었다. 김 선생은 내 두 번째 시집 『기차소리를 듣고 싶다』(1996)의 표사를 쓴 적이 있어서 내 시를 조금은 알고 있는 상태였다.

이 글을 쓰기 위해 『천상병 시 전집』(평민사, 1996)에 실린 천상병의 자작시를 세어보니 총 352편이 실려 있다. 그 가운데 가장 많은 제목으로 등장한 것이 「새」로 7편이고 비슷한 제목의 「새 세 마리」 「참새」 「날개」 「마음의 날개」 「창에서 새」 「백조 두 마리」 「새소리」 「갈매기」까지 합치면 총 16편이 '새'를 노래한 시이다. 이것을 보면 천상병 시인이 지상에서의 삶에서 '자유'를 얼마나 희구했는지 짐작할 수 있다. 그는 추레하고 답답한 이 땅의 삶에서 벗어나 새처럼 자유롭게 광활한 창공을 날고 싶었는지도 모른다.

우리는 흔히 시인을 '적선(謫仙)'이라 부르기도 하고 프랑스 시

고르는 일은 매우 힘든 작업이었다. 순수서정과 리얼리즘을 포함해 좋은 시가 너무 많았다. 천상병의 빼어난 문학세계는 지금까지는 그의 생전의 기행(奇行)이나 화제성 때문에 제대로 조명받지 못한 측면이 크다고 생각한다. 이제 소위 말하는 한 세대 30년이 지나간다. 천상병 문학에 드리워져 있는 여차한 허드레를 걷어내고 본격적인 연구가 필요한 때가 됐다. 기행과 에피소드를 걷어내고 오롯이 작품성만 평가할 때가 된 것이다. 눈 밝은 독자들에 의해 그의 시업이 정당한 평가를 받고 찬란하게 빛나길 기대한다.

– 김용락(시인)

■
김용락의 천상병 애송시 20편 목록

「귀천」, 「소릉조」, 「주막에서」, 「새」(시 전집 58쪽), 「새」(시 전집 62쪽), 「행복」, 「폭풍우」, 「비 오는 날」, 「집」, 「고향」, 「날개」, 「광화문 근처의 행복」, 「아버지 제사」, 「나의 가난은」「아가야」, 「그날은–새」, 「비」, 「강물」, 「갈매기」, 「세계에서 제일 작은 카페」

귀천(歸天)

귀천(歸天)

나 하늘로 돌아가리라
새벽빛 와 닿으면 스러지는
이슬 더불어 손에 손을 잡고,
나 하늘로 돌아가리라.
노을빛 함께 단둘이서
기슭에서 놀다가 구름 손짓하면은,
나 하늘로 돌아가리라,
아름다운 이 세상 소풍 끝내는 날,
가서, 아름다웠더라고 말하리라…

■

인생은 소풍길

그 소풍길 인연들은 모두 소중하다.

새벽빛 머금은 이슬도

노을빛 기슭의 구름도

모두가 아름다운 소풍길의

스치는 나그네들과 같다.

손에 손잡고

단둘이서…

소풍이 끝나는 날

이 세상의 삶은 아름다웠다고

청명한 흙빛으로 돌아가리라고…

인사동의 아침과 저녁은

새로운 만남의 정겨움이 배어 있다.

골목 골목마다 옛 정취도 그리웁다.

젊은 시절 막걸리 한 사발에

판소리를 읊어대던 추억이 있는 곳…

"이 산 저 산 꽃이 피니, 분명코 봄이로구나. 봄은 찾아 왔건마는

세상사 쓸쓸하더라, 나도 어제 청춘일러니, 오늘 백발 한심하구나…

내 청춘도 날 버리고, 속절없이 가버렸으니 왔다갈 줄 아는 봄은

반겨헌들 쓸데있나… 봄은 왔다가

가려거든 가거라… 네가 가도 여름이 오면 녹음방초 성하시라… –

중략"

1980년대 인사동의 소싯적 추억을 찻집《귀천》은 고스란히 간직하고 있다.

   — 강진규(메리츠증권 영업부금융센터 상무)

■

누군가 제게 살아오는 동안 가장 생각나는 시가 있다면? 하고 묻는다면 서슴지 않고 천상병 시인의 「귀천」이라 대답하지요. 사춘기 끝 무렵 고등학교 시절 삶과 죽음에 대해 무겁고 심오한 생각에 빠져 있던 중 시 「귀천」을 처음 만났답니다. 삶을 소풍이라 비유한 시인님의 시가 그동안의 제 질문에 대한 정답이라는 듯 밝고 아름답고 즐거운 충격으로 다가 오는 거예요. 이후 어려운 고비가 찾아 올 때마다 이 또한 소풍이려니 하는 생각을 하게 되었답니다. 세월이 지난 지금 생각해 보면 정작 가난과 고난의 연속에도 삶을 소풍이라 여겼던 시인은 소유가 아닌 존재의 삶을 사셨던 겁니다. 지금도 인사동 카페 귀천에 앉아 있노라면 '이 세상 소풍'이란 구절에 살포시 웃음 지어지고 시인이 살다 가신 존재의 삶에 고개가 숙여져요. 이미 넘치는 사랑을 받고 있는 시 「귀천」.

앞으로도 더 많은 분들과 나누고 싶은 건 비단 저만의 생각은 아니겠지요…

   — 가현 이민정(캘리그라피 아티스트)

■

동백림사건 간첩으로 연루, 반년여 살고 나와 고문 후유증으로 평생 장애인으로 지낸 선생님은 삶이 아름다운 소풍이었노라고 아름다웠다라고 저 생으로 가면 말하겠다고 하셨지요.

살며 커피 한 잔과 담배 한 갑 해장국 한 그릇과 버스비가 있다는 것이 행복이라 하셨지요.

선생님은 오직 평화를 사랑하는 선하고 욕심 없는 자유인이 아니었을까요. 아무리 먹구름 끼고 서늘한 일이 있어도 삶을 뼛속까지 견뎌내는 일이 쓸쓸하여도 아름다운 소풍이라 할 수 있음은 욕심을 버리면 비로소 자유로워지는 해탈이 아니었을까요. 계시는 곳이 아름다운 소풍이 되고 소박하고 자유로운 선생님 영혼의 뿌리가 흐르는 대로 행복하기를 안부 전합니다. 평화와 자유가 푸르게 푸르게 자라는 행복둥지이기를 서정춘 시인의 시로 안부 전합니다.

꽃 그려 새 울려놓고 지리산 골짜기로 떠났다는
소식 - 서정춘 「봄 파르티잔」 전문
- 한지흔 (통일염원인)

■

천상병 시인의 시 〈귀천〉을 대부분 좋아하듯 나도 '아름다운 이 세상소풍 끝내는 날 가서 아름다웠다고 말하리라'는 이 시를 좋아합니다.

　어쩌면 하늘은 파아란 하늘 부드러운 구름이 시인에게는 자유고
평화의 고향이었을 겁니다.

　억울하게 간첩사건에 말려 고문도 당하고, 경제적으로도 넉넉지
않았던 시인.

　그곳으로 돌아가 지구의 삶이 아름다웠노라고 할 수 있는 시인.

　긍정의 마음이었을까 해탈의 경지였을까.

　어느 날 저 생에서 시인을 만나면 아름다운 세상 잘 마치고 왔습니
다라고 하면서 시인이랑 맥주 한 컵에 추억은 아름다운 거라고, 그리
운 거라고 할 수 있는 주어진 오늘이 감사입니다.

　- 류기성(사진작가)

나무

나무를 볼 때마다
나는 하느님을 생각지 않을 수 없다.
왜냐구요?
글쎄 들어보이소.
산나무에 비료를 준다는 일은 없다.
그래도 무럭무럭 자란다.
이건 웬일인가?
사실은 물밖에
끌어들이는 것이 없지 않는가?
그런데 저렇게 자라다니
신기할 수밖에 없다.
그리고 산이란 산마다
나무가 빽빽이 자라는 것은
누가 심었더란 말인가.
그것뿐만이 아니다.
바다 한가운데 섬에도
나무는 있다.
이것은 어찌된 일인가.
누가 심었더란 말이냐?
나는 도무지 모르겠다.

다만 하느님이 심으셨다는 생각이
굳어갈 뿐이다.
보살피는 것도 하느님이다.

■

사람들은 모두 그 나무를 썩은 나무라고 그랬다.

그러나 나는 그 나무가 썩은 나무는 아니라고 그랬다.

그 밤 나는 꿈을 꾸었다.

그리하여 나는 그 꿈속에서 무럭무럭 푸른 하늘에 닿을 듯이 가지를 펴며 자라가는 그 나무를 보았다.

나는 또다시 사람을 모아 그 나무가 썩은 나무는 아니라고 그랬다.

그 나무는 썩은 나무가 아니다.

나무는 오래 자라 고목이 되면 땅에 발을 딛고 선 채로 몸은 조금씩 썩어가면서 잎을 피우고 꽃을 피운다. 나무 등걸이 썩어 들어간다고 죽은 나무가 아니다.

아마 시인은 나무가 잎을 다 떨군 어느 가을날이거나 겨울에 사람들이 그 나무를 죽은 나무 취급하는 게 몹시 싫었던 것인지 모른다. 나무에게서 자신의 모습을 보았는지도 모른다. 그래서 '꿈속에서 푸른 하늘에 닿을 듯이 가지를 펴며 자라가는 그 나무를 보았다'고 한 것이 아닐까. 그는 나무 같은 나무 시인이다.

– 이순원(소설가, 전 김유정 문학촌장)

■

나무는.인간의.스승님이고.인간의.요람이며.인간이.마지막으로.사는.나무집입니다.썩은나무는.거름으로.어린나무들의.영양분이되어서.다시.산을.덮어주는.큰나무들로.인간에게.한없는.사랑.은혜를.베푸

도대체 이시인은 뭘까?성자? 부처? 아무렇지도 않게 중얼거림이 누구에게는 희망이 되고 또 행복이 되기도 한다. 봄꽃이 휘날리는 날 소파에 기대어 시인의 마지막 시를 감상하며 나도 곧 또는 언젠가 다가올 죽음을 생각하며 시에 담긴 메시지 때문일까? 묘한 평온함에 안도한다. 천상병 님은 내 힘겨운 삶에 명쾌한 답을 주는 스승님이시다.

– 김미숙(양재천, 시엘)

나의 가난은

오늘 아침을 다소 행복하다고 생각는 것은
한 잔 커피와 갑 속의 두둑한 담배,
해장을 하고도 버스값이 남았다는 것.

오늘 아침을 다소 서럽다고 생각는 것은
잔돈 몇 푼에 조금도 부족이 없어도
내일 아침 일도 걱정해야 하기 때문이다.

가난은 내 직업이지만
비쳐오는 이 햇빛에 떳떳할 수가 있는 것은
이 햇빛에도 예금통장은 없을 테니까……

나의 과거와 미래
사랑하는 내 아들딸들아,
내 무덤가 무성한 풀섶으로 때론 와서
괴로왔음 그런대로 산 인생. 여기 잠들다. 라고,
씽씽 바람 불어라…

새

저 새는 날지 않고 울지 않고
내내 움직일 줄 모른다.
상처가 매우 깊은 모양이다.
아시지의 성(聖) 프란시스코는
은총(恩寵) 설교를 했다지만
저 새는 그저 아프기만 한 모양이다.
수백년 전 그날 그 벌판의 일몰(日沒)과 백야(白夜)는
오늘 이 땅 위에
눈을 내리게 하는데
눈을 내리는데…

■
국가의 공권력으로부터 탄압받고 평생 지독한 고문후유증으로
고통 받으며 살다 간 시인.

상처가 매우 깊은 모양이다.

구절처럼 연작시 새를 통해 그렇게 항변하고 있다.

날지도 못하고 울지도 못한 외로움과 아픔이 절절하다.

– 서정란(시인)

나의 영혼은 평생 가출을 설계합니다.

가출 내내 소릉조를 읊조립니다.

미숙아의 삶이란 항상 부족합니다.

– 유진오(프리랜서)

그날은
– 새

이젠 몇 년이었는가
아이론 밑 와이셔츠 같이
당한 그날은…

이젠 몇 년이었는가
무서운 집 뒷창가에 여름 곤충 한 마리
땀 흘리는 나에게 악수를 청한 그날은…

내 살과 뼈는 알고 있다.
진실과 고통
그 어느 쪽이 강자인가를…

내 마음 하늘
한편 가에서
새는 소스라치게 날개 편다.

요놈 요놈 요놈아

집을 나서니
여섯 살짜리 꼬마가 놀고 있다.

'요놈 요놈 요놈아'라고 했더니
대답이
'아무것도 안사주면서 뭘' 한다
그래서 내가
'자 가자 사탕 사줄게'라고 해서
가게로 가서

사탕을 한 봉지
샀더니 좋아한다.
내 미래의 주인을
나는 이렇게 좋아한다

■

천연덕스럽고 천진한 마을을 본다.

아이와 아이인 어른과 지상에 꿈인 마을로 남게 한 시인!

시인은 늘 미래를 생각한다.

자신이 가지지 못해 아쉬웠던 순간을 선생에게 있어 '요놈'은 언제나 기다리던 희망이었다.

그렇게 詩편은 천 시인이 원하던 파편이다.

‒ 김영희(시가연대표, 시낭송)

동창(同窓)

지금은 다 뭣들을 하고 있을까?
지금은 얼마나 출세를 했을까?
지금은 어디를 걷고 있을까?

점심을 먹고 있을까?
지금은 이사관이 됐을까?
지금은 가로수 밑을 걷고 있을까?

나는 지금 걷고 있지만,
굶주려서 배에서 무슨 소리가 나지마는
그들은 다 무엇들을 하고 있을까?

■

천상병 선생님과의 인연은 80년 후반에 지금의 아내와 함께 사모님이 운영하는 찻집 '귀천'에 가끔 들렀을 때 몇 번 뵐 수 있었고, 사모님이신 목순옥 여사님과는 뒤늦게 알게 되었지만 예전에 일제강점기에 조선총독부 건물로 쓰이기도 했던 중앙청 건물이 국립중앙박물관이었을 때 80년대 중반에 박물관회 특설강좌 10기로 함께 동문수학했기에 더욱 각별한 인연이 되었습니다.

목순옥 여사님께서 "임선생, 술 많이 드시지 마세요"라고 하신 말씀이 아직도 귀에 쟁쟁합니다.

각설하고 제가 천상병 선생님의 시 여러 편을 좋아하지만 각별히 좋아하는 시는 「동창」입니다. 동창들도 생각하게 하고 이러저러한 인연들을 생각케 하기 때문이기도 합니다.

오늘도 좋은 인연들과 함께 상쾌, 유쾌, 통쾌하게!

제 삶 가운데 함께하고 있는 인연들과 남은 여생을 상쾌, 유쾌, 통쾌하게 살다 귀천하고 싶습니다.

_임경일(전방위문화예술애호가)

달

달을 쳐다보며 은은한 마음
밤 열 시경인데 뜰에 나와
만사를 잊고 달빛에 젖다

우주의 신비가 보일 듯 말 듯
저 달에 인류의 足跡이 있고
우리와 그만큼 가까워진 곳

어릴 때는 멀고 먼 곳
요새는 만월이며 더 아름다운 것
구름이 스치듯 걸려 있네

■

나는 왜 이 시를 좋아하나?-늘 멀리 있는 듯 가까이 있는 달.

번잡한 마음을 은은하게 위로하는 달.

가득 차서 더는 비울 게 없는 만월이거나, 비워짐으로 더 많은 걸 채워주는 초승달이거나, 언제나 나를 멈추게 하는 달.

– 임현주(놀이 연구가)

편지

1

아버지 어머니, 어려서 간 내 다정한 조카 영준이도, 하늘
나무 아래서 평안하시겠지요. 그새 시인 세 분이 그 동네로
갔습니다. 수소문해 주십시오. 이름은 조지훈 김수영 최계락
입니다. 만나서 못난 아들의 뜨거운 인사를 대신해 주십시
오. 살아서 더없는 덕과 뜻을 저에게 주었습니다. 그리고 자
주 사귀세요. 그 세 분만은 저를 욕하진 않을 겝니다. 내내
안녕하십시오.

2
아침 햇빛보다
더 맑았고

전세계보다
더 복잡했고

어둠보다
더 괴로웠던 사나이들,

그들은
이미 가고 없다.

■

오늘도 나는 나에게 편지를 쓴다.

내가 나중으로 미루는 나에게 섭섭했던 적이 한두 번이 아니다.

이놈아! 또 나중이라니?

나중과 도깨비는 본 사람이 없다.

그래도 세상에 믿을 놈이라고는 나밖에 없다.

내가 앞으로 나에게 잘할게, 내 편이 되어줘.

오늘도 나는 나에게 편지를 쓴다.

 – **장광팔**(만담가/아동문학가)

■

시인의 빈자리는 우리에게 그리움과 추억이 된 지 오래지만 생전 그도 그러했음을 확인해주는 시다.

잊히지 않으려 애쓰는 일보다 잊지 않는 사람이 있다는 것은 행복한 일이다. 남은 자, 기록하고 그 떠난 자리 쓸고 닦는 일을 더 열심히 할 뿐이다.

답장은 늦게 당도하더라도 '잘 계시는지요?' 안부 먼저 전한다.

 – **이기철**(시인)

음악

이것은 무슨 음악이지요?
새벽녘 머리맡에 와서 속삭이는
그윽한 소리.
눈물 뿌리며 옛날에 듣던
이 곡의 작곡가는
평생 한 여자를 사랑하다 갔지요?
아마 그 여자의 이름은 클라라일 겝니다.
그의 스승의 아내였지요?
백 년 이백 년 세월은 흘러도
그의 사랑은 아직 다하지 못한 모양입니다.
그래서 오늘 새벽녘
멀고 먼 나라
엉망진창인 이 파락호의 가슴에까지 와서 울고 있지요?

■

며칠 전 인사동에 있는 '씨네 갤러리'를 찾아갔더니 주인장은 없고 책상 위의 라디오에서 깊은 슬픔과 우수가 배어있는 요하네스 브람스의 클라리넷 5중주가 흘러나오고 있었다.

클라라 슈만에 대한 브람스의 다하지 못한 사랑이 만년의 결정(結晶)이 되어 이 작품이 되었나 봅니다.

브람스는 사랑을 이루지 못하고 평생을 독신으로 살다가 세상을 떠났지만 천상병 선생님은 목순옥 여사님과 같은 귀인을 만나 서로 사랑하며 다정하게 살으셨으니 福人이라 생각됩니다.

선생님께서 하늘로 돌아가신 지 어언 30년이 되었습니다. 원앙 같던 두 분의 영정 앞에서 브람스의 클라리넷 5중주를 들으시듯 흠향(歆饗)하여 주십시오. 평생 브람스의 음악을 좋아하셨던 선생님께 이 곡을 올리며 두 손 모아 명복을 빕니다.

– 유상동(부동산 컨설턴트, 전 중앙감정평가법인 대표)

구름

하늘에 둥둥 떠 있는 구름은
지상을 살피러 온 천사님들의
휴식처가 아닐까.

하나님을 도우는 천사님이시여
즐겁게 쉬고 가시고
잘되어 가더라고 말씀하소서.

눈에 안 보이기에
우리가 함부로 할지 모르니
널리 용서하소서.

■

1998년 대학로 아르코대극장에서 천상병 시인에 대한 연극 공연을
했다.

당시 저승사자로 출연한 난, 아프리카 악기를 들고 노래와 춤 그리
고 연기로 天上의 시인, 천상병 선생을 天上으로 인도했다.

그때 읊조리던 詩 가운데 하나가 '구름'이다.

세상이 더욱 황폐해질수록 선생이 그리워진다.

그래서 님의 詩를 다시 들추곤 한다.

- 장두이(연극인)

다음

멀잖아 북악에서 바람이 불고
눈을 날리며
겨울이 온다.

그날, 눈오는 날에
하얗게 덮인 서울의 거리를
나는 봄이 그리워서
걸어가고 있을 것이다.

아무것도 없어도
나에게는 언제나
이러한 '다음'이 있었다.
이 새벽, 이 '다음'
이 절대한 불가항력을
나는 내 것이라 생각한다.

이윽고, 내일
나의 느린 걸음은
봄보다도 더 뜨거운 것으로 변하여
나의 희망은

노도보다도 바다의 전부보다도
더 무거운 무게를 이 세계에 줄 것이다.

그러므로, 이 '다음'은
눈 오는 날의 서울 거리는
나의 세계의 바다로 가는 길이다.

■

1983년 가을, 백양사 언저리의 광산김씨 고택을 찾았었다. 무작정 호남선 열차를 타고 달려간 길에서 소남자 심재섭 어른을 만났다. 너 댓 밤 그곳에 머물다 돌아 올 무렵 어른이 내게 오래 된 동인지 한 권을 보여줬다. 1954년 3월, 『신작품』 제 7집이었다. 거기서 '다음'을 먼저 만났다. 그리고 인사동으로 올라와 내내… 돌아가실 때까지 그 '다음'이 이어지고, 여태 '다음'이다.

　　 - 허태수 목사(춘천 성암교회 목사)

■

학창시절, 북아현동 세 평 남짓 되는 자취방에 한 줄기 빛으로 와 닿은 시!

천상병 선생님의 「다음」 시는 내게 있어 기백과 배짱을 가져다주 는 詩이다.

휘몰아치는 서울의 강추위와 외로움을 감내하며 봄을, 그 다음 봄 의 환희를 기대하며 얼어붙은 한강을 내 것으로 노래했다.

여러 겹의 억압과 고통 속에서 여러 겹 부활하신 천상병 선생님의 흑과 백, 경계를 넘어 현실을 초월하신 그 투명한 정신을 깊이 새겨 본다.

　　 - 장한라(시인)

내 집

누가 나에게
집을 사 주지 않겠는가?

하늘을 우러러
목터지게 외친다.
들려다오
세계가 끝날 때까지.

나는 결혼식을
몇 주 전에 마쳤으니
어찌 이렇게 부르짖지
못하겠는가?

천상의 하나님은
미소로 들을 게다.

불란서의 아르투르 랭보 시인은
영국의 런던에서
짤막한 신문광고를 냈다.

누가 나를 남쪽 나라로
데려가지 않겠는가.

어떤 선장이 이것을 보고
쾌히 상선에 실어
남쪽 나라로 실어 주었다.

그러니 거인처럼
부르짖는다.

집은 보물이다.

전세계가 허물어져도
내 집은 남겠다.

사랑하는 남녀가 결혼하기로 했다면? 결혼을 하게 됐으면? 기뻐서 날뛸 일이다. 친지들을 초청, 결혼식을 올렸다면? 행복할 일이다. 그런 신혼부부에게 자기 집이 있으면? 이 또한 복받은 일이다.그런데 시인 천상병에겐 신혼생활을 할 집이 없었나보다.

천상병. 가난했던 시인은 시로 외쳤다. "누가 나에게 집을 사 주지 않겠는가?"라고.

이 시는 중간 연결부분에서 남쪽나라로 데려가 달라는 시인의 광고를 본 어느 선장이 남쪽나라로 실어다 주었다는 예화를 예시했다.

그리고 나서 천상병 시인은 '집은 보물'이라고 읊었다. 가난한 시인은 보물 같은 집 대신에 보물 같은 시 한 편을 축조해냈다. 그는 집보다 더 보물인, 시라는 보물을 이 세상에 남겼다. 시인, 시를 통해 남는 장사를 했다. 사랑하는 아내를 위해 큰 보물을 남겼다. 그의 시를 좋아하는 독자들에게 짠한 시심을 안겨줬다.

- 문일석(시인)

막걸리 취안(醉眼)과
고목(枯木) 까마귀의 오감도(烏瞰圖)

천상병(千祥炳)을 생각하면 언제나 떠오르는 단어가 있다.

'천진(天眞)'

어린아이 같이 때 묻지 않은 것도 천진이라고 할 수 있지만 필자가 말하고자 하는 천상병의 천진은 하늘이 주신 지혜(智慧), 곧 "배움이 없어도 아는" 능력이다. 우리가 안다고 하는 것은 통상의 지식(知識)을 말하지만 "배움이 없어도 아는" '天眞'은 지식 따위와 비교할 수 없는 고도의 순일(純一)한 앎이다.

그는 1990년에 「일곱 살짜리 변명」이라는 글을 썼다. 이 글에서 "아내와 남들이 나를 보고 일곱 살짜리라고 별명을 붙여 놀리곤 한다"면서도 그는 이 별명이 싫지 않은 듯 일곱 살짜리 눈으로 지나가는 여인을 훔쳐본 연애담을 쏟아 내거나 귀천(歸天) 카페에 앉아 그곳에 오는 知人들에게 세금 뜯는 이야기를 털어

놓으며 자신이 세금을 뜯지 않으면 친구들이 심심해할 것이라며 세금 뜯는 이유를 슬쩍 합리화하기도 한다. 이것이 그에게는 일종의 놀이다. 카페 귀천에 앉아 친구들에게 세금 뜯는 것을 놀이 삼는 천상병의 모습에서 나는 언뜻 종로 33번지 빛도 볕도 잘 들지 않는 18가구가 모여 사는 일본식 나가야[長屋] 골방에서 아내가 주는 동전을 가지고 놀던 이상(李箱)의 모습이 overlap 되곤 한다. 물론 이상의 골방 놀이는 「날개」라는 소설 속의 이야기지만 현실에서도 그의 삶은 별반 다르지 않았다.

이 두 사람의 천재는 시대도 다르고, 문학의 형식도 많이 다르지만 天眞을 지녔다는 점에서는 상통(相通)하는 점이 있다. 세상을 외롭게 살았다는 점도 비슷하다. 다만 李箱의 은둔은 그야말로 세상과 단절(斷絶)된 외로움이었고, 천상병(千祥炳)의 은둔은 세상 속 벗들 사이에서의 은둔이었다. 천상병은 그를 지극히 사랑하는 아내 목순옥 여사가 일곱 살 천상병을 지극 정성으로 보살폈고, 그를 아끼고 사랑하는 친구들이 끊이지 않았다. 그렇다고 천상병이 외롭지 않은 것은 아니었다. 외로우면서도 그는 외롭지 않은 것처럼 친구들과 어울리고, 아내의 보살핌도 뿌리치지는 않았다. 많은 사람은 그의 천진(天眞)을 두고 조사기관에 끌려가서 고문을 당해 비정상적인 사람이 되었다고 말한다. 그러나 천상병을 그렇게 말하는 이들의 정신이 온전치 못한 것이다. 그의 몸은 망가졌을망정 정신은 어느 누구보다 맑고 정상적인 지성(知性)을 머금고 있었다. 그의 천진(天眞)은 본시부터 타고난 것이었다.

남모르게 죽음을 준비했다는 점에서 이상과 천상병은 닮았다. 두 사람은 모두 죽음을 준비하는 시(詩)를 남겼다. 천상병은 그 유명한 〈귀천(歸天)〉에서, "나 하늘로 돌아가리라"고 공개 선언한다. 이상은 〈詩第十號 나비〉에서 어두운 죽음의 세계를 들여다본다.

〈귀천(歸天)〉

나 하늘로 돌아가리라
새벽빛 와 닿으면 스러지는
이슬 더불어 손에 손을 잡고,

나 하늘로 돌아가리라
새벽빛 와 닿으면 스러지는
이슬 더불어 손에 손을 잡고,

나 하늘로 돌아가리라

노을빛 함께 단둘이서

기슭에서 놀다가 구름 손짓하며는,

나 하늘로 돌아가리라

아름다운 이 세상 소풍 끝내는 날

가서, 아름다웠더라고 말하리라…

〈詩第十號 나비〉

찢어진壁紙에죽어가는나비를본다.그것은幽界에絡繹되는秘密한
通話口다.어느날거울가운데의鬚髥에죽어가는나비를본다.날개축처
어진나비는입김에어리는가난한이슬을먹는다.通話口를손바닥으로
꼭막으면서내가죽으면안젖다일어서드키나비도날아가리라.이런말
이決코밖으로새여나가지는안케한다

　천상병의 〈귀천〉을 읽으면 그와 함께 기슭에 앉아 노을을 보
는 착각에 빠져든다. 죽음을 품은 노을이 너무나 찬란해서 마치
친구들과 손잡고 소풍을 온 듯하다. 맞다. 천상병에게는 이 세상
에서의 삶이 소풍이었다. 그런데 손을 잡은 것은 친구들이 아니

라 노을빛이다. 이상(李箱)은 남몰래 죽음을 준비하며, 찢어진 벽지를 통해 저쪽 세계를 들여다보고 있다. 천상병은 노을빛을 통해 하늘 너머 천상계(天上界)를 보고 있다. 이상의 죽음은 음울(陰鬱)하고 천상병의 죽음은 찬란하다. 이상의 〈詩第十號 나비〉를 읽으면 숨을 쉴 수 없을 만큼 목이 메인다. 오백 년만에 한 번 날까 말까 한 천재의 삶이 이렇게 외로웠던가.

천재는 외롭다. 자신의 정신세계를 열어 천진(天眞)을 소통하기에는 세상 사람들의 의식 세계가 너무 통속적이다. 그들은 천진(天眞)을 이해한다고 하지만 그것은 그렇게 이해될 수 있는 것이 아니다. 그래서 그들은 세상 사람들과 어울려 노는 듯 하면서도 천상병은 막걸리를 밥으로 삼아 취안(醉眼)으로 세상을 보았고, 이상(李箱)은 고목(枯木)에 앉은 까마귀가 되어 세상을 바라보았다.

김기림(金起林)은 이상(李箱)의 죽음을 두고 절규했다.

"箱은 필시 죽음에 진 것은 아니라. 箱은 제 육체의 마지막 조각까지라도 손수 길러서 없애고 사라진 것이리라. 箱은 오늘의 환경과 種族과 無知 속에 두기에는 너무나 아까운 천재였다. 箱은 한번도 잉크로 시를 쓴 일은 없다. 箱의 시에는 언제나 상의 피가 淋漓하다. 그는 스스로 제 혈관을 짜서 '시대의 혈서'를 쓴 것이다.… 箱이 우는 것은 나는 본 일이 없다. … 악마더러 울 줄을 모른다고 비웃지 말아라. 그는 울다울다 못해서 인제는 淚腺이 말라버려서 더 울지 못하는 것이다.… 詩壇과 또 내 友情의 列席 가운데 채워질 수 없는 영구한 공석을 하나 만들어 놓고 箱은 사라졌다. 箱을 잃고 나는 오늘 시단이 갑자기 반세기 뒤로 물러선 것을 느낀다. 내 공허를 표현하기에는 슬픔을 그린 자전 속의 모든 형용사가 모두 다 오히려 사치하다. '故 李箱'-내 희망과 기대 위에 부정의 烙印을 사정없이 찍어놓은 세 억울한 상형문자야."(金起林-「故 李箱의 追憶」『朝光』제3권 제6호-1937. 6.)

천승세는 천상병의 죽음을 두고 다음과 같이 읊었다.

"오 절통하다. 천상병은 평범한 평화주의자였다. 천상병의 지상 절대적 환희는 세상의 모든 아름다움과 평화를 '시인의 자유'로 읊을 수 있는 예술적 창의(創意)에 있었지 문학적 성과(成果)에 전도하는 '의도적 개선'의 용도로 추구된 적이 없다. 그래서 많은 문사들이 예술적 실익에 의거한 개인적 명분의 완전성(完全性)을 소망하고 있을 때 천상병은 생명의 상정적(常情的) 텃밭에 내려앉아 부리가 닳도록 평화를 쪼았을 뿐이다.아 지금도 보인다. 열정의 신념(信念)에 도달하기 위하여 평화를 쪼으고 있는 천계(天界)의 파랑새, 그 순진무구의 천상병이."

그는 천상계(天上界)에 도착하며 말했을 게다.

"이번 소풍은 정말 찬란한 아름다움이었어."

— 박광민(한국어문교육연구회 연구위원)